周作人著作

# 藥堂語錄

钟叔河——编订

岳麓書社·长沙

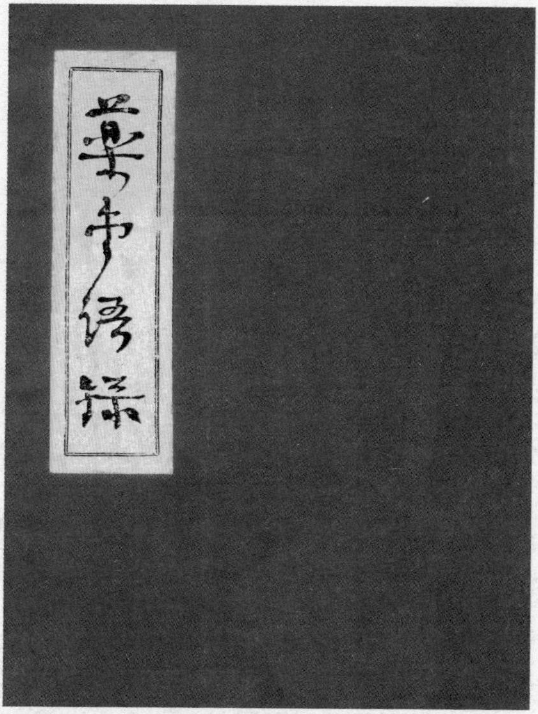


庸报社本《药堂语录》

# 编者的话

钟叔河

一九八七年一月三日《光明日报》上，岳麓书社刊出了我拟稿的一帧广告（左图），宣布了书社和我对重印周作人著作的观点：

“人归人，文归文。周作人其人的是非功过是另一问题，其书的主要内容是对传统文化和国民性进行反思，对中国—西方和中国—日本的文化历史进行比较研究，今之读者却不可不读。……”

随即便开始出书。既出周作人著作的单行本，也出精装合订本。两年之间，出了二十四种。

书当然不是想出便能出的，得按规矩，走程序。周家授权了，报告批复了，宋木文、杨牧之、伍杰各位领导都当面或来信表示应允和支持了，便能够出了。

出就得出好。当时强调了两条：（一）因为均系据旧本重印，所以一定要认真校订，尽力改正旧本误植失校的错误；（二）因为手稿不存，无法对勘，所以一定要详出校记，改动处一概保留原文，承担责任。

这两条，读者看来大都是认可的。直到如今，在旧书网上，八十年代“岳麓版”的周作人著作，始终都卖得不错。

现在，岳麓书社决定又来出版周作人著作，仍然要我负责编订，做法则一仍其旧。主要还是这些书，还是这两条，新的广告也就不必再做了。

鄢琨君三十年前和我同编了这些书，此次仍然合作，蒋浩君也参加了进来。校记原列表在书末，如今改作尾注。二君新增校改之处，分别标出“鄢校”“蒋校”，特此说明，并志感谢。

二〇一八年五月十五日于长沙。

# 出版题记

《药堂语录》是作者“下水”以后所作文章的首次结集，一九四一年五月天津庸报社印行，收文五十篇，有序一，后记一。

后记云，“近数年来多读旧书……或有感想，常取片纸记其大概……有友人办日报者索取补白，随时摘抄寄与……日前来信云拟搜集为一册，亦便答应”，结果变成了这一册。

这些随笔记于片纸上的读后感都很短，一般只有五六百字一篇。五十篇中，有二十八篇以书为题，其馀的也都从一本或几本书谈起。从文体上看，这些均属题跋或（读书）笔记，正好补上了“单收序跋，而题跋不在内”的《苦雨斋序跋文》的缺，可称书话小品专集了。序文将其比作“夏日常用金银花夏枯草二味煎汤代茶，云可清暑”，似还合适。

不足的是，沦陷期间编校较马虎，《〈右台仙馆笔记〉》篇中引曲园先生滑稽的话：“孔子曰，上士捉虎头，下士捉虎尾，然下士亦正未易为也。”手民脱文，校对失职，错成“孔子曰，上士捉虎尾，然下士亦正未易为也”。我们校订时查对《笔记》原文，才予补正。

二〇二〇年五月二十六日，锺叔河于念楼。

# 目录

# 序

以前我曾想要将随笔小文编成一卷《药堂文录》，终未动手，现在却写语录，这正合着一句古话，叫做落后的进前，进前的落后了。本来照儒释两家的老规矩，语录是门人弟子所记师父日常的言行，扬子云王仲淹自己著书，便很为后人所非薄，我们何必再来学步呢。这所谓语录实在只是一个名字相同而已，内容并无什么近似处，这是该得说明一下的。我不懂玄学，对于佛法与道学都不想容喙，语还只是平常说话，虽然上下四旁的乱谈，却没有一个宗派，假如必须分类，那也只好归到杂家里去吧。我最初颇想题作常谈，因为这说话如或有百一可取，那就为得其中的一点常识，只可惜刘青园已有《常谈》四卷，李登斋有《常谈丛录》九卷，延荔浦又有诗话曰《老生常谈》。已经有三缺一，便也不好意思再去凑数。这回固然还是雷同，但名同而实异，无甚妨碍。至于药草堂名本无甚意义，不过要说有也可以说得，盖此处不用别的名称总有些缘故，即此说是意义亦可耳。数年前作《药草堂记》，曾说明未敢妄拟神农，其意亦只是摊数种草药于案上，如草头郎中之所为，可是摆列点药就是了，针砭却是不来的，这也值得说明。我于本草颇有兴趣，所以知道些药料，把他们煎成一碗黑而苦的汤水时当然不愿领教，若是一样样的看来，差不多是些植物标本，不但如此，还有些有味的东西，做在糖里的肉桂薄荷不必说了，小时候还买生药来嚼了便吃，顶平常的是玉竹与甘草，这类味道至今尚未忘却。吾语岂能有此等药味，但得平淡过去，不求为良药，故无须苦口，吾乡人家夏日常用金银花夏枯草二味煎汤代茶，云可清暑，此正是常谈的本色，其或庶几近之，亦是本怀也。

中华民国廿九年六月五日。

# 《太上感应篇》

近来买几种天津的总集，得到郭师泰编《津门古文所见录》四卷，亦颇可喜。卷一有董梧侯著《重修天津文昌庙碑记》，中有云：

> 世所传《帝君阴骘文》，大者皆六经之渣滓，微者如老妇之行仁，报应多端，义利所不能析也。

编者注曰：

> 吾见败德之人，妄希福泽，曰吾能诵《阴骘文》数百遍矣，曰吾能施《阴骘文》几百本矣，此记正为吾辈当头棒喝。

案：《辅轩语》卷一有“戒讲学误入迷途”一条，云“有一士以所著书来上，将《阴骘文》《感应篇》世俗道流所谓《九皇经》《觉世经》，与《大学》《中庸》杂糅牵引，此大为人心风俗之害，当即痛诃而麾去之”。此诸人意见皆明白难得，读书人志切科名，往往迷惑，所尊奉者，在世俗所谓“四书五经”外，又有“感应”“阴骘”“明圣”三书，如惠定宇且不免，他可知矣。董君以为文昌可祀，而文不必诵，其有识盖不亚于张香涛也。唯鄙人重读《太上感应篇》一过，却亦不无恕词，觉得其乌烟瘴气处尚不甚多。篇中列举众善，能行者是为善人，其利益中只有福禄随之一句稍足动俗人歆羡，而归结于神仙可冀，即说欲求天仙或地仙者立若干善，为恶的罚则是夺算。由是可知此文的中心思想本是长生，盖是道士的正宗，并不十分错。其后经士人歪曲，以行善为弋取科名之手段，而其事又限于诵经戒牛肉惜字纸等琐屑行为，于是遂益鄙陋不足道矣。鄙人素无求仙的兴趣，但从人情上说，见人拜北斗，求延年，此正可谅解，若或以此希冀升官，自不免看不入眼。至于照原来说法，北斗本不管铨叙事务，那还是别一件事也。

# 《文海披沙》



《文海披沙》八卷，明谢在杭撰，有《申报》光绪丁丑活字本，今尚易得。《申报馆续书目》“文海披沙”项下云，“惟闻先生脱稿后并未问世，继乃流入东瀛，得寿梨枣，近始重返中华。”案：活字本有万历辛亥焦竑序，宝历己卯幡文华及宽延庚午鱼目道人二序。焦序中有诸子取《文海披沙》刻之南中之语，故并未问世，殊非事实，唯中土传本罕见，《申报》馆乃据日本刻本而重印之耳。寒斋所有日本刻本无幡文华序，而别多万历己酉陈五昌序文一篇，卷末墨笔书曰，“天明丙午岁八月二十八日”，则是购藏者题记也。计宽延庚午为清乾隆十五年，宝历己卯是二十四年，天明丙午则五十一年矣。

鱼目道人不知为谁，序中有云，“校先师遗书，载宁馨儿，引《文海》说”。查伊藤东涯著《秉烛谈》卷三，“宁馨”条下引有《文海披沙》语。然则当是东涯之弟子也。序文又云：

> 余喜在杭者，盖喜其气象耳。夫训诂[1]文辞可以工致，微言妙语可以深造自得，唯是气象自然佳处难以力致耳。

此语甚有理解，在杭见识思想并不一定高超，《诗话》之谈文学，《麈馀》之记因果，尤多陋见，唯《五杂组》《文海披沙》故自可读，正因其气象可喜，明末有些文人多是如此，鱼目道人之言可谓读书得间，殊有启发的价值也。



【锺校】

①“诂”原刊作“话”。

# 科目之蔽

《复堂日记补录》同治七年十二月下云：

初十日，阅《夷坚志》毕。文敏喜记科举小吉凶，宋时科目之蔽已深，士大夫役志于此，可想见也。

案：谭君所语甚有见识。大抵中国士人之陋习，多起源于科目，观于韩愈可知唐时已然，至今乃历千馀年，益积重而难返矣。看近代人笔记，所举之人必称官衔，所记之事多是谈休咎因果，而归结于科名之得失，热中之态可掬，终乃至于戒牛肉惜字纸，以求冥佑，卑鄙已甚，真足为人心世道之害也。凡笔记如能无此数者，便已足取，虽是谈酒色财气，作市井语，亦总尚胜一筹耳。

余尝谓读书人笥中不妨有淫书，但案头不可有《阴骘文》《棘闱夺命录》一类善书，盖好色尚是人情，只须戒邪淫便是合法，若归依道士教，已止去白莲教一间，无以愈于吃菜事魔人矣。孔子论人事只讲仁恕，正是儒家的本色，孟子说义，便已渐近法家了，老庄觉得仁恕也济不得事，凡事想到底自都不免消极。总之古来圣人何尝说及那些怪语，而后来士人津津乐道，此正是儒之道士化，盖历汉唐宋明而遂完成，其源流不自外来其影响亦不及于外国，与女人缠足的历史很有点相像，此一亦甚可注意者也。

# 女人三护



《茶香室三钞》卷五“女人三护”一条云：

> 唐沙门慧苑《华严经音义》卷四云：女人志弱，故藉三护，幼小父母护，适人夫婿护，老迈儿子护。案儒书所谓“三从”，佛书谓之“三护”。

曲园先生谓“三护”即“三从”，形迹虽似，精神却实甚不同。印度女子的地位在社会上本甚低微，未必能比中国更好，在宗教上被视为秽恶，读有些佛教经传，几乎疑心最彻底的憎女家是在这里了。但是佛教的慈悲的精神有时把她们当做人类来看，对于人或物又总想怎么去利济他，那么其时便很不同，三护可以算作一个例。这里所谓“护”正是出于慈悲，是利他的，《庄子》里述尧的话，“嘉孺子而哀妇人”，可说是同一气息，此外我竟有点想不起来了。

中国的“三从”出于《仪礼》，本是规定妇人的义务，一面即是男子的权利，所以从男人的立场说这是利己的，与印度的正是对跖的态度。我常觉得中国的儒家是一种化合物，根本的成分只有道家与法家，二者调合乃成为儒，而这化合往往未能完成，遂多现出本色，以法家为甚，如“三从”殆其明征也。信如吾言，则我所佩服的尧的话大抵当出于道家，而黄老之学乃为中国最古老的传统[1]，很可尊重。佛道至今称为“二氏”，唯其好处颇不少，足补正儒家之缺失，识者当不以为妄言也。



【锺校】

①“统”原刊作“说”。

# 《习苦斋画絮》

戴醇士著作，旧得有《习苦斋文》四卷诗八卷，同治五年刊，《笔记》一卷，十年刊，《画絮》十卷，光绪十九年刊，皆木板也。后又得《画絮》别本四册，曾题其端云：

> 平常所见《画絮》皆惠年编刊十卷本，今此书只四卷，字画精好，胜于惠刻，而前后无题序，意者或即戴兆春所云，先君于服官吴门时曾裒集付刻数卷者耶。此系吴仲怿旧藏，卷首有“海丰吴氏石莲庵”一印。

顷读《春在堂杂文》，五编卷七有《习苦斋画记类编序》，叙惠菱舫得《习苦斋画絮》读之而画学大进，又云：

> 然《画絮》一书只刻四卷，尚有《习苦斋画记》十卷，未刻也。惠氏取《画记》排比，

以类相从，付之剞[1]劂，题曰《习苦斋画记类编》。

今查惠年刊本中此序固在，且系曲园手书，唯上文所引数语已改为“然其书十卷未刻也”八字，又其后《画记类编》之记亦改作絜字，唯题叶篆书仍作“戴文节画记”耳。由此乃知四卷本确系戴氏初刻之《画絜》，盖是十卷之一部分，曲园谓画记别有一书，当为传闻之讹，而惠菱舫所刻改变体例，亦不宜袭《画絜》原名，如序中所称加“类编”二字，庶几名实相副乎。今只通行十卷本，原刻四卷几已无人知之矣，不佞幸得石莲庵藏本，又于曲园集中见未删改之序文，乃能明白此事颠末，亦正是一幸事也。



【锺校】

①“剞”原刊作“攲”。

# 鼠数钱

《茶香室续钞》卷二十四有《鼠数钱》一则云：

> 方浚颐《梦园丛说》云，粤东有钱鼠，其吻尖，其尾长，其声若数钱然，故名。俗云见则主人家有吉庆事，亦犹京师人尊猬为财神也。按常鼠亦能作数钱声，俗云朝闻之为数出，主耗财，暮闻之为数入，主聚财。

案：钱鼠在越中亦有之，俗名油炸老鼠，实臭鼠也，过时闻有臊气，如油焦味，又唧唧作声，但不及常鼠数钱时之急速耳。王衍梅作《鼠嫁词》中云："啾啾唧唧数聘钱"，即运用此典，颇工巧可喜，但鼠之数钱实乃震惊失常，欲叫不得，故急迫而咋咋作声犹人之口吃，其时大抵与蛇骤遇，竦立不能动，旋即被其缠束矣。儿时闻鼠数钱声，常为悚然，盖知近处必有异，所惧实在蛇而非鼠也。三十年前家母在越，夏夜为帐顶上鼠所扰不能寐，以压帐竹竿拍席驱之，嗒然作声，鼠亦忽数钱，骤惊故尔。母谓或竹竿声似蛇拍尾故，此解更近理。北京未见臭鼠，常鼠大小有数种，亦未曾闻其数钱，殆因少蛇故耶。中国旧日通行铜钱，交付时必计数，除一五一十罗列几案地上外，大抵两手持数，亦以五文为一注，由右至左，钱相触有声，说及数钱声便各意会。今铜钱尽废，即铜元亦渐匿迹，恐更后将①无人能解此语矣。

【锺校】

①“恐更后将”原刊作“恐将更后”。

# 《琐事闲录》

张林西著《琐事[1]闲录》正续各二卷，咸丰年刊，书本寻常，而近来贾人居奇，以高价始得一部，盖几需十金矣。林西河间人，殆慕其乡先达观奕道人者，亦多谈因果怪异，唯尚质朴可喜，又肯多记琐屑事，不负其题名，如卷上之《苹果枣》与《甜瓜》，续编卷上之《面》，皆一般随笔中所鲜见。续编卷上又有《不入诗话》一则云：

> 先叔祖幼不读书，而聪明颖悟，古近体杂作颇富，惜皆散遗，游幕江南日与袁太史往来，正值《随园诗话》开雕之时，薄其行止，终不肯出稿以相示也。曾云，袁某好相人阴，两三次晤叙之后，必设法窥验，殊为可鄙。

案：随园身后是非甚多，窃意关于诗文方面，蒋子潇

**【锺校】**

① 原无"事"字，今增。

《游艺录》中所说最为持平，若论其人，则只凭著作想望其丰采者与曾经面接者两方可以有很大的距离，亦可以说都各有道理者也。

林西的叔祖弼亭，据《闲录》中所记，曾向兄索钱不得，携纸锭来焚化，则其人似亦非君子。惟所云随园陋习，当未必尽虚，盖士大夫中常有此等事，尚不如续编《食性》一则中记嗜痰与鼻涕[1]者之尤为少见也。张君记此琐事，虽意在非袁，却亦可贵。鄙人曾从故友烨斋闻知名人逸事三四，自己见闻亦有若干，尚未能振笔直书，留为后世人作谈资，则朴直处不逮前人远矣。

【锺校】

①“涕”原刊作“泪”。

# 《跨鹤吹笙谱》

顾子山著《眉绿楼词》，凡八种，分类成书，体例颇新。末一种曰《跨鹤吹笙谱》，皆赋其园中之景物，调寄《望江南》，凡六百首，诚如潘遵祁所云，创前人所未有。寒斋别有一册单行本，中缝无谱名，前有艮庵七十小像，盖是光绪庚辰年刻，在甲申总集上则像与题词小有修改，题作七十四岁矣。余又得《跨鹤吹笙续谱》一册，词千九十五首，系毛订批校本，唯只校至五十五叶，又多所删削，恐亦不能实行也，末尾题字一行云："辛丑正月忆云读于武林"，小印朱文曰"已庵"，似与批校者又非是一手。东厂图书馆续目中有此书，注云民国二十二年刊本，或者别是一本乎。闻平伯言，幼时曾游怡园，盖至光绪末园尚完好。冈千仞著《苏杭日记》，卷上记甲申闰五月初五游怡园事云：

归途过顾艮庵文彬，门陈"肃静""道台"

"翰林""布政"等朱牌，皆在官时所用。导观其所辟怡园，曲房无阿，间以奇卉异草，澄池虚潭，交以古木怪石，石大者二三丈，岩窦四凿，突怒偃蹇，无斧削之痕，彩笼饲孔雀丹鹤锦鸡诸异禽，未知洛阳名园有此壮丽否？

冠盖游山，昔人所讥，然中国士大夫往往不免，如上文记顾君所陈头牌执事，亦其一例。自公退食，脱冕置几，枕石暂卧，固两不相妨，若乡绅花园门前立清道牌，虽是常事，思之亦自可笑也。

# 《九烟遗集》

小时候读《昭代丛书》中《将就园记》，心甚喜之，故至今还记得黄九烟的名字。近有书估以《九烟先生遗集》见示，道光己酉年刊，凡六卷，《园记》在卷二中，如见故人，喜而留之。但现今重读，亦不见得大佳，惟文中却亦有佳作，桐城派甚恨吴越间遗老多放恣，九烟之可取盖亦即在此。《戏为逆旅主人责皋伯通书》，尽嬉笑怒骂之妙，在嘉道间谐文盛时似亦少如此好文章也。

据小引言，此集系依据《夏为堂别集》而加以增补，今查《贩书偶记》卷十四，《夏为堂别集》下附注篇目，则今本乃多所删削，如《岂想庵选梦略刻》一卷，便不复存。五年前在故友马隅卿君处见别集抄本，曾借阅一过，忆有《情窦诗》七律五首，今亦不见。《选梦略刻》只四十八则，手抄一本，尚在箧中。朱日荃弁言云，“梦约万计，皆咄咄叱嗟，设想所不能到，兹刻尚未全梦也”。案：《遗集》卷一《陶密庵诗序》云，“余故有《选梦》一编，纪平生梦中所得诗文联额之属，凡十馀卷”。又卷二《寄陶篸公》云，“仆生平颇多奇梦，尝裒辑梦中所见诗文联额之类，录为十卷，大都自作者什七，阅他人作者什三”。盖《选梦》原本甚多，《略刻》只其一部分耳，今并此删去，大是可惜。且后人重刻先世遗集，而肆意去取，亦为不敬。此极浅近事，而世人多不了知，未免可笑也。

# 《如梦录》

《如梦录》一卷，不著撰[1]人姓名，记明季开封繁华情形，自序云，俾知汴梁无边光景，徒为一场梦境，故以为名。今所见印本有两种，其一为写梦铅字印本，其二为河南图书馆木刻本，二者皆成于民国，铅字本似较早出。录中所记颇细致可喜，文亦质朴，惜刊本已经删削，如能觅得原本读之当更多佳处。前有咸丰二年常茂徕序，有云：

> 录中语多鄙俚，类皆委巷秕稗小说，荒诞无稽，为文人学士所吐弃，如言繁塔为龙撮去半截，吹台是一妇人首帕包土一抛所成，北关关王赴临埠集买泥马，相国寺大门下金刚被咬脐郎缢死臂膊上，唬金刚黑夜逃出北门，诸如此类，偻指难数，实堪捧腹。

**【锺校】**

①“撰”原刊作“选”。

即此可知所删去者是如何有趣味的故事，正是千钱难买的民间传说的好资料，由明末遗老辛苦的录存，抄本流传二百馀年之后，却被假风雅的文人学士一笔勾去，想起来真是十分惋惜也。

王阮亭评《梦粱录》，亦谓其文不雅驯，不知其可贵重即在不雅驯处，盖民间生活本不会如文人学士所期望的那么风雅，其不能中意自是难怪，而如实的记叙下来，却又可以别有雅趣，但此则又为他们所不及知者耳。

# 《存拙斋札疏》



罗叔蕴不愧为吾乡杰出之学者，亦颇有见识，其文章朴实尤可喜，所作序跋致佳，鄙意以为近时殆无可与伦比也。雪堂校刊《群书叙录》二卷用铅字排印，虽云仿宋，实不耐观，深惜其不用木刻。旧刻诸书昔曾有之，已多散失，近日始再搜集，如《读碑小笺》《眼学偶得》《面城精舍杂[①]文》，均尚易得，《存拙斋札疏》稍少，不意中却得两本，略有异同，因合订存之。

第一本有题叶篆书五字，背题"光绪戊子夏刊"，本文十二页，末有汪悔翁跋。第二本无题页，本文十八页，汪跋后别有自题记，署"壬辰仲夏"，盖四年后所改订也。本文前五页两本悉同，第二本六至十一凡六页系新增入，十二至十八则与第一本六至十二各

【蒋校】

① 原无"杂"字，今增。

页相同，唯末两页中删去三则，补入一则为异耳。又第一本卷头小引署名“罗振钰”，第二本改为“振玉”，第一本之末尾有“弟振铭校字”一行五字，亦削去矣。此等异同虽本无关紧要，唯亦颇有意思，如看文章草稿，往往于涂抹添改处可以见其用意之所在。

读罗君晚年所为文，常自炫鬻其忠义，不免如范啸风言，令人心疲，此则其一病也。

# 姚镜塘集



余买书甚杂乱，常如瓜蔓相连引，如因《困学纪闻注》而及翁凤西《逸老巢诗集》，因舒白香而及龚沤舸《玉蔬轩集》，因潘少白而及姚镜塘《竹素斋集》，皆是也。其实这些牵连来的大抵亦无甚可观，却终未厌弃。姚集初得一部，系光绪间重刻者，殊不满意，近日买到道光丁亥刊本，乃以旧有者转赠步庵，知其亦有潘集也。龚定庵《己亥杂诗》之六十说及姚镜塘，注云：

> 抱功令文二千篇见归安姚先生学塽，先生初奖借之，忽正色曰，我文着墨不着笔，汝文笔墨兼用。乃自烧功令文。

余前读姚集，见其中时文三卷，无所用之，颇为轻视，殊不知其如此名贵。定庵诗云，“此事千秋无我席”，故毅然一炬，若然，则余之不懂更何怪乎。

《湖州府志》有周学濬所作姚君传，中引《己亥杂诗》注记楚时文事，云时仁和龚自珍负才傲睨，独心折至不敢道其字，称曰“姚归安”。此盖亦根据杂诗“毅然一炬为归安”一语，而似未免失之速断，诗注中原称其名曰“姚先生学塽”，其曰“归安”者只是诗语耳，如云镜塘固不协平仄，即称姚公姚先生[1]亦欠妥帖，自以地名为宜，未必是定称，到处都如此说法。或病琐窗幽一案不免以文章造意境，窃意此正是常有，亦复无妨，若必欲一筐樱桃先给予怀王，不但为古学家所笑，其实即作白话诗者亦未必以为是也。



【锺校】

① 原无“生”字，今增。

# 《汴宋竹枝词》

书贾来，得河南官书局新刻《汴宋竹枝词》一册，板刻不精，纸亦粗疏，均不足怪，唯横折，阅之未免不快耳。

书凡二卷，共诗百首，宝丰李于潢著，前有蒋湘南撰李李村墓志铭，知其卒于道光乙未，盖已阅百年矣。蒋文不见于《七经楼文钞》，首节云，豕怜犬，犬怜牛，牛怜马，马怜龙，凡百七十三言，语殊诙诡，而其后叙述及铭共四百六十言，又极朴实而生动，为余所深喜。我不懂得诗，但竹枝词以志民俗风物，又事属汴京，作者对于风土之变不能无深恫，如小引所言，此则读者虽是风雅外行，亦能赏识也。

卷上有句云，“相蓝买得葫芦种，才过清明便发芽”。注引《过庭录》：黄鲁直曰，某顷见京师相国寺卖大葫芦种，仍背一葫芦甚大，一粒数百金，人竞买，至春种结仍瓠耳。又引《东原录》，俗谓一钱为一金。卷下句云，“买得奇方赌不输”。注引东坡《志林》：都下有道人坐相国寺卖诸奇方，缄题其一曰卖赌钱不输方，少年有博者以千金得之，归发视之曰但止乞头。从前读《志林》此则，对于千金一语总疑不能明，今得见上引二节，乃始恍然悟，然则我读竹枝词却又得增加知识，古人云，开卷有益，信然。清初之隆仁寺，现今之护国寺，岂非即宋之相蓝寺[①]耶，想必仍有卖此种种可意物事者，乃自王渔洋以来未曾多识，以至于今。吾重翻前注，乃益叹宋人之有风趣，诚为后人所不能及也。

【锺校】

①“寺”原刊作“类”。

# 五祖肉身

蒋超伯著《麗瀌荟录》卷二有“五祖”一条云：

> 《棘闱夺命录》云，黄梅东山五祖肉身，明季一兵斫其指，指为村媪所得。有蒋文学命漆工续上，完好如初，壬午秋梦五祖谓曰，念汝续指功，获隽当在八十名，果然。又按虞伯生《黄梅五祖碑》，宋之季年国境日蹙，以边障受兵，吏民奉师道体入求福，州果以灵贶安堵，不遘锋镝，五祖神异如此。

鄙意谈神异不妨，且亦正自有其佳趣，但须谈得好，且别无用意耳，若上文所举则鄙陋甚矣，不知蒋君何所取而记之。佛教固未尝不讲奇瑞，禅宗洒脱，应不重此，即留下肉身亦已大是多事，何更念念于一指，以中第乞人，甚有市井习气，识者方将笑之，岂宜如念佛老婆遽信为真实？此正如谭复堂言，科目之弊已深，士大夫役志于此，故《棘闱夺命录》一类莠书出现于书房，至与经史争席也。

余前据文文山《指南后录》，记六祖真身为元兵所剖割，今五祖又为清兵断其指，师徒皆厄于兵刃，真是无独有偶，但五祖能福苏州，免于元兵之残毁，则又与六祖正相反矣。元明迄今已历六七百年，不知两祖之真身尚存否乎，如能有善士为举而付之荼毗，连舍利一并埋却，干净了结，亦是大好事也。

# 《七修类稿》

郎仁宝著《七修类稿》，文笔拖沓，见识卑陋，阅之闷损，惟卷帙颇富，资料可取，仍不失为明代重要说部之一。卷十五至十八为“义理类”，发挥意见多在此数卷内，但亦偶有佳论，如卷十七“邓攸弃子全侄”一条云：

弃子全侄，《中兴书》以其子至暮追及，攸复系[1]子于树。予意子侄皆幼，势难两全，故弃子而全侄，今既追及，则不惟可与之同行，亦知道路者矣。刘须溪以为无是事，喜谈全侄而甚之之辞也，然考之本传及当时人之言皆同，则又实有是情。呜呼，可与同行而又系之树，有人心者可忍之耶，此所以伯道无儿，何天道无知哉。噫，晋之好名至此极矣。

【锺校】

① “系”原刊作“紧”。

案：邓攸事正与郭巨埋儿是一类，人性有偏至，当时或迫而出此，后世当以悯默处之，不必多论，惟若标榜以为孝弟轨范，则大是害理，俞理初所谓酷儒莠书，不可轻许耳。郎氏以不忍人之心立言，自是正论，惟谓此所以伯道无儿，犹未免有报应之陋见，其实亦只是求仁得仁而已。又归结到晋之好名，亦不对题，盖莠书目的在于私利，于名无所与者也。

尝见启蒙书中引陆陇其著《崇明老人记》，近日读《甘泉乡人稿》，又见其演述为诗，为之不快者累日。老人鬻其四子为人奴，晚年得诸子孝养，唯以赌博度日，此岂非平世莠民？而陆钱诸公盛称之，以为是幸福的父亲的榜样，儒生失理性至于此，则又比较表扬邓郭为尤甚矣。

# 《辛卯侍行记》

陶拙存著[①]《辛卯侍行记》六卷，书不难得，而多用毛太纸，近日始得官堆纸印者一部，与原《求己录》仿佛，亦可喜也。此书记西北地理，间有记事言处，亦殊有理致。卷一记五月十三日出怀庆东门，注云：

有郭巨故里碑。按巨虑子分母食，何不托子于友，曲为斡旋，乃欲埋之，则大伤母心，不得为孝，岂可传之丹青乎。凡编训蒙之书，当取切近情理者。向见某书图画故事，首卷即绘唐人元德秀以丈夫生乳湩，乳其犹子一事，此为理所必无，近时童子多狡，以此等谰言示之无益有损。

案：郭巨事大悖理，后世亦多非之者，所云训蒙书一节尤为有识，操觚者不可不知。其实不仅是元德秀，

【锺校】

① “著”原刊作“着”。

即董永亦是一例，《太平御览》中记此事颇详，云引刘向《孝子传》，而冯梦龙的《笑府》与赵梦白的《笑赞》中均录有笑话云，董永行孝，天使仙女嫁之，众仙女饯行，皆嘱付曰，此去下方访有行孝者，寄个信来。此不必待赵君之赞，已知其悠谬，但董永不过使人觉得可笑而已，尚无大害，若元德秀则竟是人痾矣。

又卷六记腊月初四日至三角泉，云南山下出泉，成沟，有草地数里。注云：

> 皆旱芦及拳曲之短茨，俗呼[1]刺疙疸，间有席具草，或作息鸡，或作芨萁、集吉、芨芨。戈壁中得水气，只生此三卉，远望芃芃，近视则数步一丛，仍是粗沙细石及碱块，罕有土壤，非独不可耕植，即移他处之草于此亦不能活。大漠不毛十而七八，车中望见荒草，为之一释愁容也。

此记塞外风物，颇有情致，又得之亲历，与耳食者迥殊，书中曾讥评主蒙古屯田议者，龚定庵虽倔强，于此亦当无可争辩也。

**【锺校】**

①“呼”原刊作“乎”。

# 《舌华录》

《舌华录》九卷，明曹臣纂著，采录诸书，惟取语不取事，分“慧语”以至“凄语”凡十八类。昔在人家曾见过不全小本，近年乃搜得大本两部，其一首有万历乙卯潘之恒序，袁中道序无年月，有宋兰挥藏印数方，其二只存袁序，而板刻稍佳，似是原刊本。小时候读《砚云甲编》中《陶庵梦忆》，始知《舌华录》的名字，原文有云：

余家自太仆公称豪饮，后竟失传，余父余叔至不能饮一蠡壳，食糟茄面辄发赪。家常宴会，但留心烹饪，庖厨之精遂甲江左，一簋进，弟兄争啖之立尽，饱即自去，终席未尝举杯，有客在，不待客辞，亦即立去。山人张东谷酒徒也，每悒悒不自得。一日起谓家君曰，尔兄弟奇矣，肉只是吃，不管好吃不好吃，酒只是不吃，不知会吃不会吃。二语颇韵，有晋人风味。而近有伧父载之《舌华录》曰，张氏兄弟赋性奇哉，肉不论美恶只是吃，酒不论美恶只是不吃。字字板实，一去千里，世上真不少点金成铁手也。

今查原书乃不见此条，细看卷三“冷语”第六中间两本均缺一页，乃从友人借上海有光纸石印本阅之，补抄七则，恰在其内。文云：

会稽张状元诸孙四五辈皆不饮酒，善肴物，每至席所，箸下如林，必一尽乃止。沈曼长曰，张氏兄弟赋性奇哉，遇肴不论美恶只是吃，遇酒不论美[1]恶只是不吃。

卷首列所采书目五十馀部，不知此条出于何书，纵或失实，曹氏可不负其责，惟与张东谷语比较，确有不及处，又以张元汴为会稽人，亦有错误。

【锺校】

①“美”原刊作“善”。

# 《夷坚志》

《夷坚志》全书共四百二十卷，小说家中卷帙为最繁，惜已不全，今只存甲乙丙丁各二十卷，十万卷楼依影宋钞本重刊，流行于世。洪景卢喜编著大部书，内容不免芜杂，《研经室外集》《四库未收书目提要》卷三称其书中神怪荒诞之谈居其大半，而遗文轶事可资考镜者亦往往杂出于其间，评甚公允。丙志卷十八有契丹诵诗一则云：

> 契丹小儿初读书，先以俗语颠倒其文句而习之，至有一字用两三字者。顷奉使金国时，接伴副使秘书少监王补每为予言以为笑，如“鸟宿池中树，僧敲月下门”两句，其读时则曰：月明里和尚门子打，水底里树上老鸦坐，大率如此。补锦州人，亦一契丹也。

案：此所记盖是汉文对读之常态，但在昔时少所见，不免以为奇怪耳。契丹文字少见，不知中国有人通其读法否，此处尚可想见其句法排列，亦可喜也。平常“池中”多作“池边”，契丹语译则说定为“倒影水底之树”，又“鸟”译作“老鸦”，均可广异闻，未必读“鸟”为“乌”，大抵在此景色中以乌鸦为更相适欤。周松霭辑《辽诗话》二卷，巨细毕搜，此一则亦殊有风趣，不知何以遗失也。

又案：《辛卯侍行记》卷一注中论华英文难易，其十一难曰，华文多顺理成章，其倒讲者绝少，英文大都倒讲，如曰“尔若干岁”，译之为“如何老是你也”。陶拙存在清末亦是有识者，于此尚未免有倒顺之见，洪君古人，自更不足怪矣。

# 麻团胜会



家中旧藏《皆大欢喜》四册，道光元年刊，内系《韵鹤轩杂著》及《随笔》各二卷，无撰人名字，后因移家失去，在北京复求得一部，则纸墨均不及矣。

《杂著》中颇多佳作，盖嘉道时盛行谐文中之上乘，卷二有《书麻团胜会事》一篇，中云：

> 沙三少爷者逸其名，本豪家子，少以游荡破其产，遂弃家市麻团以自给，问其言不答，辄歌于市。壬戌岁值竞渡日，沙因买舟往观，携麻团一筐，额大匾于船，曰“麻团胜会”，傍缀一联曰：“借径看龙船，不衫不履，三少爷现身说法；回头望虎阜，是真是假，大老官触目伤心。”敝衣跣足，歌也而以泣继之。

近阅彭昌祚著《恐自逸轩琐录》，见卷一亦有《沙三标子》一则记其事，可知实有其人，但传闻异辞，谓沙以观龙舟费四千金，析馀资予家人，自留五百金，至中秋复招群僧施食，糁米为团，杂以胡麻，筐承车载，填塞道衢，远近居人小儿乞丐，闻风奔赴，以数万计，于是高结香龛，颜曰“麻团胜会”，旁有一联云：

三标子现身说法；大老官及早回头。

事毕金已罄，以衣质钱一串为资本，日持歌板市麻团于里巷，有向其购者，歌一曲以侑食焉，已过而追呼之，则直前不应。家人以计诱之归，终不肯留一饭，竟以饥寒成病死云。

案：韵鹤轩盖是吴人，成书在嘉庆年间，彭君则是江西人，道光甲午路过苏州，闻同舟人述沙三事，距嘉庆壬戌已三十二年矣。疑二说当以前为近真，若后者本亦流传于当地，自是沙三传说之一说，唯观其联语缺损不工，又以年代在后，难免有展转传讹之处耳。

麻团不知是何种食物，以芝麻着团子外，抑或以为馅乎，《琐录》云糁米为团杂以胡麻，疑亦是想象之词，如何杂法大是疑问，吾乡捣糯米饭裹芝麻白糖或豆沙成团，名曰“麻糍”，又作汤圆外着芝麻，用香油炸之曰“金团”，恐二者均未必是也。

# 划水仙



王凝斋著《秋灯丛话》卷十四云：

航海者遇飓风骤起，樯舵倾折，智力皆穷，爰有划水仙之事。按水仙洋中之神，莫详姓氏，或曰“帝禹”，或曰“伍相”及“三闾大夫”，灵异昭昭，有求斯应。康熙中王君云森遭折舵，舟复中裂，舟师告曰，唯划水仙可免，乃披发与舟人共蹲舷间，以空手作拨棹势，众口假为钲鼓，如午日竞渡状，遂顷刻达岸。又顾君敷公中流舟败，已半沉，共划水仙，舟复浮出，久之有小舟来救，此舟乃沉，似有人暗中持之者。又陈某遭风，舟底已裂，鹢首欲俯，转旋巨浪中，危亡之势不可顷刻待，有言划水仙者，试效之，沉者忽浮，穿浪如飞，俄抵一屿，乃得无恙。神之灵应如此。

案：此节所言，盖即根据郁永河著《稗海纪游》

附录《海上纪闻》，王顾皆郁氏之友，陈系同时之事，即郁在台湾之康熙丁丑，其时为八月初六日云。《秋灯丛话》有乾隆戊寅年序文，相去正六十年，可知其时郁氏著述当有传本，故凝斋得采用之，其文亦强半相同，唯稍改为简洁而已。读划水仙之纪事，常不禁愀然不怡，人力所不能及，唯有委诸超自然，而祈祷之外出以咒禁，迫切之情，益可哀矣。

《丛话》亦循俗记因果鬼狐，而文字质实可喜，有时亦颇有见识，如卷十三言蝉并非餐风饮露，卷十五言山东无豺狗能制虎，野鸟可压油者，与一般文人专以耳食为事者又稍有不同也。

# 张天翁

《香祖笔记》卷六云：

古今传记如[①]《拾遗记》《东方朔外传》之类，悉诞谩不经，然未有如《诺皋记》之妄者。一事尤可捧腹，云天翁姓张名坚，字刺渴，渔阳人。少不羁，尝罗得一白雀，爱而养之。梦刘天翁[②]责怒，每欲杀之，白雀辄以报坚，坚设诸方待之，终莫能害。天翁遂下观之，坚盛设宾主，乃窃乘天翁车，骑白龙，振策登天，天翁追之不及。坚既到天官，易百官，杜塞北门，封白雀为上卿。刘翁失治，徘徊五岳作灾，坚患之，以刘翁为太山太守，主生死之籍。鄙倍至此，不可以欺三岁小儿，而公然笔之于书，岂病狂耶。段柯

【锺校】

①“如”原刊作“记”。

②“刘天翁”原刊作“天刘翁”。

古唐之文人，何至乃尔。

案：此事便只是荒唐得好玩，是传说与童话的特色，与经史正大相殊耳。

震钧著《庚子西行记事》中云：

> 又闻某处有拳坛，其坛上但供伏魔大帝神牌，或有供鸿钧道人者，又未几则沿街多贴有告白，仿佛希腊神话。

夫关公与鸿钧老祖在《三国演义》《封神传》中岂非很好的脚色，但不堪坐坛上实司刑政，以贻害邦国，正如上古希腊用人于社煞是可怕，后来亚耳德米斯处女神止在神话中出现，原无妨其庄严之美，为诗人所歌咏叹美也。

我最喜欢《聊斋志异》上面的一首渔洋山人题诗，至今还背诵得来，其词云：

> 姑妄言之姑听之，豆棚瓜架雨如丝，
> 料应厌作人间语，爱听秋坟鬼唱诗[①]。

（案：此诗亦见渔洋《蚕尾集》中。）懂得这个意思，自然便会爱读《诺皋记》与希腊神话的故事，王君奈何自己倒忘了，对段柯古大认其真耶。中国道教的天上朝廷原还是人间的那一套，不过镀了一点金而已，

【锺校】

①“诗”原刊作“时”。

如李义山著《李贺小传》所说，上帝修白玉楼成，找长吉去作记，可为一例，——金銮殿还只是土木，这楼大约是以白玉代砖吧。至于这里所记鄙倍的事，刘张二位交代天翁职位，实在也无非把人世篡夺的把戏应用到天上去罢了，论道理并没有什么不对。世人既承认天廷的朝见和除授，却不信其也有史上见惯的篡夺，则正是知二五而不知一十也。

《癸巳存稿》卷十三《张天帝》一则中亦述此事，云此当是张道陵造作道书时议论，检《道藏》书未见也。此评甚确，可以从刘张二姓上看出来，五斗米贼之气焰亦尚存在，后世居然任为天师，可知黄巢之造庙非不应该。但是俞理初的话也只是确实到这里为止，前面已说过夺位系取诸史上，其馀设想及白雀白龙则是传说中现成的材料，俯拾即是，不能归在张道陵名下，算是他的新意匠者也。同一荒唐，在神话中则可喜，在人世间便可怕，此一极简单事，本可不烦言说，但世上知之者似正亦不多耳。

# 《洞灵小志》

近来专看闲书遣日，得龙顾山人著《洞灵小志》及《续志》，甚为喜欢，盖又可供数日卧读之资也。《小志》刻于甲戌，《续志》则在丙子，去今才三四年，而板刻颇精致，比用铅字洋纸印者更惬心目。近年木刻书不多，但如天津金氏之《屏庐丛刻》及《天津文抄》等，刻印均颇佳，与水竹村人各集相似，或是同一系统，若《天津诗人小集》，又嫌稍细弱矣。

谈鬼怪殊有佳趣，但须以艺术出之，东坡居士强人说鬼，云姑妄言之，甚能得此中三昧。为说鬼而说鬼，第一必须说得好才行。文章宜朴质明净，六朝唐人志怪最擅胜场，传奇文便已差了，则因渐趋于华丽雕饰，《阅微草堂》与《聊斋》之比较亦正是如此。第二必须无所为，即不讲因果以至譬喻。讲到这里，《聊斋》却又要胜一筹，盖其记狐鬼艳情中有别无用意者，而《阅微草堂》于此全无是处，只是文尚佳，故或可一读耳。

洞灵二志若依据此例论其短长，可以说正与阅微五记相同。不佞通读一过，喜其记述大方，又多涉及近人，故颇有兴味，若其鬼神设教之趣旨，与不佞乃全是隔教也。有数处写鬼趣，本于人情，觉得颇妙，如《续志》卷四记许润斋客死广西，魂附家中佣媪，径入厅[①]事，观陈设丧具，摇首曰何必乃尔。又卷五记李檗子之丧，受吊日黄桐生见李魂方于棚下周览挽章，均是。此外所记虽出于今人见闻，实乃陈陈相因，读之殊觉单调，盖此等作料已是甘蔗渣，即使不是吝啬人所嚼过，亦已毫无滋味，做不出什么好点心来也。



【锺校】

①“厅”原刊作“听”。

# 《耳食录》

从旧书堆中找出《耳食录》正续共二十卷，坊刻粗纸印，错字满目而文可读。《复堂日记补录》光绪四年十月二十八日云，阅乐莲裳《耳食录》，文采丽密，稗乘中可取者。复堂常阅小说，见于日记，据其批评以《耳食录》为最佳。乐君本能文，文章的确写得不错，虽终未脱《聊斋》窠臼，却亦有其佳处。大抵志怪之书要在无所为，若《还冤志》《金刚经鸠异》标明宗旨者，别是一类，亦无妨碍。《耳食录》亦谈报应，但其纯为志怪而作者多诙诡可喜，如卷一之《邓无影》，卷六之《廊下物》，颇有《诺皋记》之风。又卷五《白衣妇人》一则，迷离惝恍，莫明究竟，后世小说中少见此种写法，实乃是《诺皋记》下卷戴瞽事的翻案，可知乐君受段柯古之影响为不浅矣。唯原文云瞽为诸妇人牵入坑，及瞽出又失其弟，家人恸哭，瞽独不哭曰，他亦甚快活，何用哭也。

《耳食录》述少年语曰，彼甚乐，尚何哭为。此则殊有点金成铁之概。文字之事盖甚难言，乐君尚未能辨其中边甘苦，益可知此事之真不易矣。

卷六《南野社令》一则记溺鬼因慈心得任土地，虽是劝戒老调，而文情斐娓，无惹厌处，其工巧似出《阅微草堂》之上，盖纪晓岚工于文而主意太显露，使人觉得如吞糖衣丸药，若能味如橄榄或萝卜，虽是用意在润喉清火，亦可吃得有味，乐莲裳此文可为一例矣。鄙人常说说鬼要无所为，其实重要的还是在于文章与态度，假如二者皆诚实质朴，自有其美，虽有所说示，有如个人的宗教倾向，读者亦可以礼相接，或赞或否，均无所嫌也。

由此观之，写文章本无一定的规律，无所为固然最好，却亦可以有例外，大抵作者的趣味与见识乃是必要的两重基本，即态度之所从出。古人云，士先器识而后文章，语虽陈旧，实颇有理，盖文章与器识本来是一物之表里耳。

# 洪幼怀



偶买得《篨廊琐记》四册，凡九卷，题固始王守毅著，咸丰甲寅刊，纸墨不甚精良，而字体颇特异，多说文体及别体字，所记不出狐鬼怪异，文章却颇佳。审视署名处，“守毅”二字系重贴者，乃窥视纸背，则本是王济宏也。尝读《七经楼文钞》，见有王君序文，因记其名字，今见文中言及马春圃、洪幼怀，可知其即是人无疑矣。《琐记》本亦寻常小说家言，而读其文便觉不同，此中似亦有可凭者，正复不愧为蒋子潇之友也。

卷六有《记洪幼怀》一则甚妙，惜有八百馀言，不能转录，但其叙在虞城初相见时一节，却总不可不节抄耳。文曰：

> 幼怀来作记室，住分东西屋。一见扣余属籍，余应以河南，洪吴音曰，中州河南耶？湖北

湖南耶？再答以中州河南，幼[①]怀瞪目视天，忽作伧语曰，河南人知甚鸟。

但不久二人即成挚友，而洪为作诗集序之蒋子潇恰也是河南人，亦一奇也。

世传王凤洲作《金瓶梅》，毒死荆川，蒋瑞藻、孔另境均引《寒花斋随笔》为证，不出撰人姓名，今见卷六末记“书毒荆川”，即上说出处，且云，“洪幼怀说此，不知果然否？”据王君所前记，则幼怀盖是一奇人，窃意当是龚孝拱一流，良不愧为名父之子，唯其述荆川事虽奇诡可喜，亦只可作东坡说鬼听耳，恐未必可依据为典故，若更没其来源，则尤非所宜矣。

洪幼怀天分绝人，以痴玩世，有“洪呆子”之目，而蒋子潇极重之，诗有云，“论交兼生死，只一洪符孙”。洪序中亦述蒋语曰，“于诗吾服幼怀而已”。王忏生于《琐记》又一再记述其言行，洪幼怀之著作虽不可多见，其人亦已足以传矣。



【锺校】

①“幼”原刊作“洪”。

# 药酒

读汲古阁刻《姚少监诗集》，见其多用“药”字入诗，留心计算，凡十卷中得五十五句，《武功县中作》三十首便有五处，可谓多矣。余最喜其《游春》之十云，“药草长新苗”，又《游昊天玄都观》云，“风定药香细”，可供药草堂作资料。但他似乎最好制为药酒，如云“酒香和药熟”，又“药气酒中闻”，此外尚有数例。药酒这物事拿来常喝，殊无此兴趣，至多是茵陈酒气色尚可爱耳，唯笼统的说药酒，亦颇有风味，似宜于疏野的生活。古人云，“酒为百药长”。《说文解字》十四篇云：

> 醫，治病也，从殹从酉。殹，恶姿也，醫之性然，得酒而使，故从酉，王育说。一曰，殹，病声，酒所以治病也，《周礼》有醫酒。古者巫彭初作醫。

照这样说来，酒总与药有关系，不是酒可医病，便是医者多爱酒，如段茂堂在注中所说。

为什么医工之性多得酒而使的呢？我想，这岂不就因为巫彭初作医的缘故么。端公替人家治病，总是先要跳神，那么音乐与歌舞与香与酒都是必要的工具，此正是使用法器，说他是爱酒似还有点欠妥。药酒的制造，最初或者是医师自用，其次才给病人喝，那时大约也还是神药的性质，若当作平常的酒用，自当更在其后也。

# 落花生

东培山民著《一澄砚斋笔记》卷七云：

> 花生亦曰长生果，又名落花生，殆无名也，以其花落于地，一丝牵蒂落实土中，故曰落花生。曰花生，减字呼之；曰长生，以形名之。此果初出日本，康熙间有僧应元携种归国，乃散植至今，以取油为大宗之用。以资果饵，亦应用之一。

案：此所说盖即根据《本草纲目拾遗》卷七引《福清县志》语，其实不尽可凭，下文又引万历《仙居县志》云，落花生原出福建，近得其种植之，可知始入中国非在康熙矣。

方密之著《物理小识》有崇祯癸未序，卷六“番豆”下云：

> 一名落花生，土露子，二三月种之，一畦不过数子，行枝如瓮菜虎耳藤，横枝取土压之，藤

上开花，花丝落土成实，冬后掘土取之。壳有纹，豆黄白色，炒熟甘香似松子味。

此殆即今所谓小花生，其时盖已普遍，不仅限于闽浙一带。

中国传说落花生来自扶桑，而日本则俗名南京豆，寺岛良安著《和汉三才图会》卷九十六“落花生”下引明周文华《致富全书》语，又云，“按落花生近年来于长崎”，书前有正德二年自序，即清康熙五十一年也。此事正有类例，同是一瓜，在中国称“倭瓜”，而日本则称“唐茄子”，但看中国又通称为“南瓜”，日本亦有“柬浦寨”之别名，可以想见其原产地当在安南方面，先来中国，再转至日本。花生行程恐亦是如此，唯其来路在何处，乃不能如南瓜之易于推测耳。

# 《入都日记》

从杭州书店得旧书数种，均颇可喜，此店在清波门内花牌楼，戊戌居杭时曾住在此街，距塔儿头不远，殊有怀旧之思。书皆小品，其一为医俗道人著《俗语指谬》三卷，《杭州白话报》抽订本，木板竹纸，辛丑年刊。其二为钱大昭著《迩言》六卷，光绪四年“啸园”重刊巾箱本，唯与茹氏《越言释》均未收入丛书中，不知何也。其三为《南菁丛书》本《戴氏论语注》二十卷。其四则《入都日记》一册不分卷，不著撰人姓氏，唯读第一页即可知为李圭所著书，记光绪丁亥进京验看引见事，自六月十九至十月十二逐日有记，极琐屑切实可观。

记中常及与黄思永相见事，有数处更与《思痛记》有连，如“八月十七日”条下云，“令仆分送子畴慎之诸同乡土仪，火腿各一肘，茶叶各四瓶，《环游地球新录》《思痛记》各一部”。又“九月二十三日”条下云，“慎之读余《思痛记》，悲往日被难之惨不减于余，为加序焉”。案：《思痛记》一本有黄思永序，署光绪十三年九月下浣，时日正相合。卷末又附到省记事，“十月二十九日”条下云：

> 申刻登城隍山，访伍公祠，当日在难中题壁诗已不见。前诗云：“罡风吹我下杭州，江水滔滔去不休。今日伍公祠畔立，何期吾尚戴吾头。”追忆昔日所遭，犹不禁酸鼻也。

此一绝句亦可补入《思痛记》中，前后相去盖有二十七年矣。李君著作余着意收罗，虽重复亦必收，今于无意中又得此日记，亦大是可喜事也。

# 许敬宗语

《舌华录》九卷十八类，集录古今人妙语，刊于万历乙卯，去今已三百二十五年矣。雨中无事，全部读一过，觉得可喜的还多是晋人语，后人不免有学步之嫌，但有几则亦颇佳。卷三《冷语》第六云：

唐太宗之征辽，作飞梯临其城，有应募为梯首，城中矢石如雨，而竟无畏①先登。英公指谓中书舍人许敬宗曰，此人岂不大健。敬宗曰，健要是不解思量。太宗闻而欲罪之。

卷九《浇语》第十七云：

许敬宗性轻傲，见人多忘之。或谓其不聪，曰，卿自难记，若遇何刘沈谢，暗中摸索着亦可识。

袁小修眉批云，“今世无此轻薄人，若有之，吾乐

【锺校】

①“畏”原作“为”。

受”。案：敬宗为人如何，今可不论，唯此二条所记，确甚不错，而前条尤为有见地，无怪唐太宗听了大不高兴也。贤哲设教唯恐人之不解思量，英雄则恐人解思量，盖如此便不易得健者供驱使，俗所谓愚民政策无他，实只是使人毋思量而已。读《世说新语》，觉得魏晋时最杰出的便只有孔文举与嵇[①]叔夜，却即以是都不得其死。许延族生在唐初，其性格虽难以相比，总之也是会思想的人，何以遇见李世民这种英雄而得免于祸，我们翻开《唐书》，看见他列在“奸臣传”的第一名，可以知其故矣。魏晋以后士多死于思想，初唐剩了许君，他用一部分思想去保身家，遂得成功。此一小事，却是很有意义的一点思想史料也。



【锺校】

①“嵇”原作“稽”。

# 销夏之书

大暑中从名古屋买到一包旧书，书有三部，都是关于图画的，颇可销夏，但因此也就容易看完。其一是《集雅斋画谱》四册，原板本有六种，这是《图本丛刊》重刻本，只有《五言唐诗画谱》《木本花鸟谱》《草本花诗谱》《梅竹兰菊谱》等四卷，缺少六言七言唐诗，可是刻印均佳，四大册只要三元钱，亦大廉矣。

其二是《彩画职人部类》二册，橘珉江画，风俗绘卷图画刊行会重刻。共二十八图，写百工情状，木板着色，甚为精致，阅之唯恐其尽，虽然看完不厌重看，但可惜还是只有这几页耳。

其三稍为特别一点，是《和译桐阴论画》一帙四册，本田成之译，大正三年（一九一四）出版。《桐阴论画》原本原来也很容易得到，不过那多是初编罢了，若要三编全部，便多与《画学心印》在一起，于我别无用处。我不懂画，看《桐阴论画》实在只看文章而已，此外则取其注中多举出画家生卒年月或年岁，这在普通书上是极少见的。和译共有三编，价又不过一元馀，得了来也可备参考。

但是我立即想起的是原本错字之多，如“画”字往往作“昼”，“龚芝麓”还写作“袭方伯”呢。我翻开译本来看，果然说顾眉生袭方伯芝麓之妾，而这“袭”字是译作一个动词了。随后是李因的一节，译文末云：“在海宁之光禄葛，没有奇妾。”觉得文句太奇，查原文则云，“海宁葛光禄无奇妾”也，此外类例尚多。翻译可见不是易事，像我这样想利用译本不去找原书，也证明是弄巧成拙了。

# 《绕竹山房诗稿》

《绕竹山房诗稿》，馀姚朱文治著，正续共二十四卷。馀姚与会稽邻县，故买得之。诗不甚懂得，续稿中有绝句数十首纪乡土风物，颇觉可喜，唯注中解说常不甚高明耳。卷七《消寒竹枝词》中咏儿童玩具，注云：

> 不倒翁者使人立脚得住，假面者小儿要嬉戏，先蒙面以存羞恶心，吾意古人置一物大约如此。

案：《潜夫论》浮侈第十二中云，或作泥车瓦狗，马骑倡俳，诸戏弄之具，以巧诈小儿，以为宜禁，固已过于严肃，今则颠倒的加以道德的解释，其可笑殆更过之矣。

又卷十《夏日遣怀诗》之五有云：

> 枫树不如丰市好，六书原是有谐声。

注云：

近葺石婆桥庙，余为书额，因改丰市。

盖地名原为枫树，馀姚土音树市同读，因为改题，取利市云。其实据我看来，枫树之名亦大佳，正不必改，改为丰市，尤见得有俗气，近于所谓市井小儿之见矣。

我们读《诗经》，觉得最特别处是其所谓兴，也最有风致。孔子说，多识于兽草木之名，就只是赏识些动植物也大有意思。读书人不能领解此等旨趣，更无怪商工纷纷以兴隆、丰盛命名，招牌满街，全是吉利语矣。希望三多九如，本亦是人情之常，但这只可是一方面，今若使其统率一切，把对于自然的趣味都消灭了，学问便无从发芽，此损失不小也。

## 《宋琐语》

郝兰皋实在是一个难得的学者。他在乾嘉时代主要的地位是经师，但是他的学问里包含着一种风趣与见识，所以自成特殊的格调，理想的学者我想就该是那么样的吧？近日拿出《宋琐语》来读，这是一册辑录书，早一点的有周两塍的《南北史捃华》，再早是张石宗的《廿一史识馀》，虽然都还可以看得，也只是平平罢了，但郝君的便有点儿不同。小序云：

> 沈休文之《宋书》华赡清妍，纤秾有体，往往读其书如亲见其人，于班范书陈寿志之外别开蹊径，抑亦近古史书之最良者也。

他赏识《宋书》的文章，很有道理，所录凡二十八类，标目立名，亦甚有风致，与《世说新语》所题差可比拟，馀人殆莫及也。

本文后偶着评注，多可启发人意，读之唯恨其少。如“德音第一”述宋高祖将去三秦，父老诣门流涕陈诉事，注有云：

三秦父老诣门之诉，情旨悲凉，颇似汉祖入关约法时。然武帝此举实非兴复旧京也，外示威棱，内图禅代，匆匆东归，而佛佛遂乘其后。青泥败衅，几至匹马只轮，义真独逃草中，仅以身免，而关中百二仍化为戎场矣。父老流涕，至今如闻其声云。

“藻鉴第二”记何长瑜在会稽郡教读，不见尊礼事，注云：

按蔡谟授书皇子，仅免博士之称，长瑜教读惠连，乃贻下客之食，晋宋间人待先生已自俭薄乃尔。近日馆谷不丰，贻为口实，京师人遂入歌谣，良无怪已。

又“谈谐第二十四”引《武二王传》云，南郡王义宣生而舌短，涩于言论。注云：

按舌短亦非生就，多是少小娇惯所为，《颜氏家训》谓郢州为永州，亦其类也。

凡此皆有意致，与本文相发明，涉笔成趣，又自别有意思。如舌短之注，看似寻常，却于此中可以见到多少常识与机智，正是大不易及。

# 《南园记》[1]

藁良著《野棠轩摭言》卷三《言文》中有一则云：

> 陆放翁为《南园记》《阅古泉记》，皆寓策励之意，今之人使为达官作文，不能尔也。韩败，台评及于放翁，不过以媚弥远耳，亦何足道。而后人往往讥之，虽曲园先生亦为是言（见《茶香室四钞》）。先生至为和平，持论向为通允，此盖涉笔及之。袁子才独不尔，信通人也。

前见陈作霖著《养和轩随笔》，有云：

> 大抵苛刻之论，皆自讲学家始，而于文人为尤甚，如斥陆放翁作《南园记》，亦其类也。

当时甚服其有见识，今藁氏所言则又有进。讲学家好

【锺校】

① 本篇后又曾收入《书房一角》，但最后一段删改成了一句话："曲园先生持论通允，而论放翁未能免俗，盖因和平故乃不克为直言以忤世俗耳。"

为苛论，尚只是天资刻薄而已，若媚权臣，岂不更下数等耶。士大夫骂秦桧而又恶韩侂胄，已反复得出奇矣，在数百年之后还钻弥远，益不知是何意思。憩叟揭而出之，诚不愧为通人，或当更出随园之右也。

古人云，殷鉴不远，在夏后之世，是为读史的正途。向来文人不能这样作，却喜欢妄下雌黄，说千百年前人的好坏，我想这怕不是书房里多做史论的缘故么？外国人做文章便不听说如此牵引史事，譬如英国克林威尔，法国那颇伦，总算史上有名，而且好坏都有可说的了，却并不那么常见，未必是西洋人的记忆力差，殆因未曾学做策论之故吧。无论看哪一部史书，不要视为文料或课题，却当作自家的事看去，这其中便可以见到好些处令人悚然，是即所谓殷鉴，尔时虽不能惧思，也总无暇写厚于责人的史论矣。

# 郢人

《庄子》卷八杂篇《徐无鬼》中有一则云：

> 庄子送葬，过惠子之墓，顾谓从者曰，郢人垩漫其鼻端若蝇翼，使匠石斫之，匠石运斤成风，听而斫之，垩尽而鼻不伤，郢人立不失容。宋元君闻之，召匠石曰，尝试为寡人为之。匠石曰，臣则尝能斫之，虽然，臣之质死久矣。自夫子之死也，吾无以为质矣，吾无与言之矣。

鄙人向来甚喜此文，不独若蝇翼与运斤成风，形容尽致，此处亦是二难并，好汉遇好汉，正如金圣叹喜欢说的话，所谓好看煞人。末了则是庄子[①]的牢骚，冰冷的一句话，使后世讲《南华经》的人们与宋元君同样的感了一场没趣[②]。郭子玄注云，“非夫不动之质，

【锺校】

①“子”原刊作“公”。

②“趣”原刊作“越”。

忘言之对，则虽至言妙斫而无所用之。”

然而后人很喜欢引用这个典故，却又都弄得有点缠夹。《订讹杂录》卷八“郢削”条下引《庄子》文至“立不失容”，论曰，“征此则垩鼻者郢人也，斫削者匠石也，今人曰郢削郢正郢斤，是以匠石之斫属之郢人，大非”。胡氏语固不错，但可笑处不仅在此，即使以斧削属之匠石，而车载斗量的作者悉以郢人自居，恐匠石亦不敢轻易动手，盖人人都会得以石灰涂鼻子尖上，而难于能够立不失容也。我辈凡夫岂敢随便削人，亦并不好妄求人去削，还是自己用点心，诚实勤恳的写文章，庶几可以无大过失，亦已足矣。

# 《燕窗闲话》

《燕窗闲话》二卷，光绪辛卯年刊，题江阴郑守庭先生著，盖其门人辈所编刻者也。卷末附墓志铭，亦其门人所撰，而生卒年月不可考，但记其七十五岁时事，云“明年卒”，如抓云雾。惟查卷上记中举人时自云己未生，乃知其生于嘉庆四年，卒于同治十三年甲戌。中国为传记于此多不注意，《疑年录》之叠出殆亦不得已耶。

《闲话》所记悉其半生阅历，不说果报妖异，自有特色，虽大事不出教读、赈饥、讲乡约诸端，但写小时候琐事，亦复朴实可取。有一节云：

> 予少时读书易于解悟，乃自旁门入。忆十岁随祖母祝寿于西乡顾宅，阴雨兼旬，几上有《列国志》一部，翻阅之，解仅数语，阅三四本后解者渐多，复从头翻阅，解者大半。归家后即借说部之易解者阅之，解有八九。除夕侍祖母守岁，

竟夕阅《封神传》半部，《三国志》半部，所有细评无暇详览也。后读《左传》，其事迹已知，但于字句有不明者，讲说时尽心谛听，由是阅他书益易解矣。然所解时有谬误者，读“子罕言利”，误认子罕为宋之乐喜。读《易经》“象曰”，不知为大象小象，误认为舜弟，窃疑所言俱佳，想为舜所化，克谐之后学问大进也。思之俱堪发粲。

余前作《我学国文的经验》一文，曾说以前所读之经书于我毫无益处，后来之能够写文字，乃是全从别的方面来的，这即是看闲书小说。平常我劝青年多学外国文，主张硬读，对于一种文字约略入门之后，便来查字典看书，头一次即使只懂得十之一二，还是看下去，随后覆阅就可懂三四分，逐渐进至七八分之多，那便有了把握了。郑君所说差不多即可为我作证明，古人云，德不孤，必有邻，其是之谓欤。

# 七夕

杭堇浦著《订讹类编》卷五《天文讹》中，有“七夕牛女相会不足信”一条，引《学林新编》所论，历举《淮南子》、《荆楚岁时记》、周处《风土记》各说，皆怪诞不足信，子美诗曰，“万古永相望，七夕谁见同”，亦不取世俗说也。杭氏加案云：

案：《齐谐记》亦载渡河事，《艺苑雌黄》辨其无此事，亦引杜诗正之。杜公瞻注晋傅玄《拟天问》，亦谓此流俗小说，寻之经史，未有典据。又《岁时记》引纬书云，牵牛娶织女，取天帝二万钱下礼，久不还，被驱在营室，此说更属无稽。

查陈元靓《岁时广记》，“七夕”一项至占三卷，《学林》《艺苑雌黄》《拟天问》注各条均在，略阅所征引杂书，似七夕之祭以唐宋时为最盛，以后则行事渐微而以传说为主矣。

吾乡无“七夕”之称，只云“七月七”，是日妇女取木槿叶揉汁洗发，儿童汲井水置露天，次日投针水面，映日视其影以为占卜，曰“丢巧针”。市上卖巧果，为寻常茶食之一，《越谚》卷中云：

> 七夕油炠粉果，样巧味脆，即“乞巧”遗意。

此种传说，如以理智批判，多有说诳分子，学者凭唯理主义加以辨正，古今中外常有之，惟若以诗论，则亦自有其佳趣。谭仲修《复堂日记补录》，同治二年七月下云：

> 初七日晚内子陈瓜果以祀天孙，千古有此一种传闻旧说，亦复佳耳。

此意甚好，其实不信牛女相会实有其事，原与堇浦诸公一样，但他不过于认真，即是能把诗与真分别得清，故知七夕传说之趣味，若或牵涉现实而又能祸世，即同一类型的故事如河伯娶妇，谭君亦必不能忍耐矣。

# 朱詹

阅焦广期《此木轩杂著》，卷三中有《近科大小题时文题辞》一则云：

> 吾家一切什物不能备，其最多而无用者，独近人所为制举文字耳。以与人，人无欲者，则类而存之，盈几可二百馀卷，卷三四百纸，盖积渐致然，然其势犹未已也。噫，此诚何所用哉。北齐时有义阳朱詹者，累日不爨，常吞纸以实腹。不幸遭值荒岁，此几上累累者，庶可备数月之粮乎。

案：傅青主有《书成弘文后》一篇，对于八股痛訾恶詈，焦君生于康熙时，亦发此论，流风遗韵犹未断绝，而以诙谐出之，觉得更别有风趣。

所引吞纸事见《颜氏家训》卷三《勉学》篇中，原文云：

> 义阳朱詹世居江陵，后出扬都，好学，家贫

无资，累日不爨，乃时吞纸以实腹。寒无毡被，抱犬而卧，犬亦饥虚，起行盗食，呼之不至，哀声动邻，犹不废业。卒成学士，官至镇南录事参军，为孝元所礼。

据此则朱詹盖在南朝，是梁时人，上文云北齐，殆以颜氏而致误。古时纸用楮皮，或者因此聊可代食，若后来竹纸，虽与笋亦是一类，似难适用，焦君备荒之意恐亦徒然耳。闻近代文明国家节省用纸，改造丝缕以代布帛，古人轻视文章，谓饥不可食，寒不可衣，今似已足证明其不确，但此等用处亦当以不着一字的白纸为宜，则文章仍然是不必要者也。

抱犬而卧，足为勤学之佳话，比囊萤映雪尤有情味，却亦亏得颜君娓娓叙说，有文情相生之妙。曾闻笑话云，有乞丐数人[①]寒夜露宿，身披蒲包而苦足冷，乃觅犬子用以温脚，夜半一人大叫，或询其故，答曰，足指为毡毯所咬伤。今昔庄谐虽有不同，亦正是无独有偶也。钱木庵《出塞纪略》记在归化城左近见华严塔元人题名，有句云，“今人同古人，残月如新月”，岂不信哉。



【锺校】

①“数人”原刊作“人数”。

## 《澹庵文存》

数年前得《芸香阁尺一书》二卷，无锡朱荫培撰，读之知其与秋水轩有关，盖尺牍颇受许葭村影响，卷中又有致许又村书也。去年老友覃公以吾乡《平蝶园酒话》抄本见贻，前有朱氏序，云平筠士见属，筠士即蝶园子，为朱氏门人，《尺一书》有跋语，即其所编刻。后得《咒笋园剩稿》，作者傅霖亦吾乡人，又有朱氏序跋在焉。因为这些因缘，我对于芸香阁著作颇想搜集一看，却是不易得，近日始从杭州寄到一册《澹庵文存》，据尹继美跋语，似同治丁卯已经评刻，今内有己巳年遗文，当系殁后重订，只有抄本欤。

书凡二卷，存文十七篇，诸人题词称其壮年好为骈俪诙谐之文，后从梅伯言闻义法，乃识宗派。今读一过，简炼可取，而其屈就义法处恒失之略或夸，此盖是桐城派文必然的短长也。《咒笋园遗稿序》[1]今见

【锺校】

① 《咒笋园遗稿序》，上文云《咒笋园剩稿》。

《文存》卷一中，原本序跋各一，合并为一篇，大加修改，益朗朗可诵矣。尹评云“吞吐有神”，可谓适当，但如想要在其中采集事实，则远不及原刻二文。如序言卒时年仅三十七，跋言时为咸丰七年十月初五未时，改本均无。又序云“遗橐千金，散之立尽”，改本乃作“万金”。跋云，“将死，邻左右厌苦之，雨莼曰，朱某必殓而葬我，不汝累也”，改本添两句曰，“我前世僧①也，行将去矣”。实的事情削去，虚的增上，皆为行文计耳。一唱三叹，附以教训，文成矣而情益减，良不如《尺一书》中致傅雨莼一札，多大皮囊装得如许愁恨云云，虽是秋水轩调，尚得见多少情意也。其馀各文别无甚意见，读去原自成为一篇古文，后人不必多下雌黄，因无比较材料，好坏说来也不明显，今悉从略。



【锺校】

①“前世僧”原刊作“前僧世”。

# 《松崖诗钞》

《松崖诗钞》一卷，武康李钟撰，抄本，皆近体诗，共一百一首。首叶有印，白文云“阮亨梅叔”，末有墨笔题字一行云：“甲子冬日扬州阮亨梅叔敬读于武林抚院之诚本堂”，名字上盖二印，朱文曰“仲嘉”，白文曰“阮亨印”，皆颠倒，二之上重盖朱文印“梅叔”，故重叠猝难辨识。卷首夹红纸一幅，似系第二纸，首二字曰“钧诲”，当系承上文，下云：

> 武康僻在群山中，铨材讽说之士，专务帖括，以习古为大愚。广文髦而好学，其诗又天机清妙，实为此乡所仅有。若蒙夫子题辞奖借，则闻者必踵而起，固陋之俗可以小变。伏求赐以弁言，慰其慕韩之意，则广文幸甚，熊飞幸甚。

此盖是徐雪庐手笔，其上又有草字涂改，其文云：

> 讽说之士，专务帖括，以习古为大愚，今广文之诗，颇似陆放翁，而胸次更无芥蒂焉。王右

丞云，“非子天机清妙者，岂能以此不急之务相邀，然是中有真趣矣，吾于广文之诗亦云”。嘉庆甲子，扬州阮元序。

有白文印云“伯元”。案：阮君编集《两浙𬨎轩录》，成于辛酉癸亥，此书呈进稍迟，又录例不收生存人，故未能入选。惟潘峄琴编《续录》及《补遗》共六十卷，在九十年后，乃亦不收入，未知何故，岂传抄本不多，采访者未之见耶。

徐雪庐著《春雪亭诗话》颇可喜，据小引盖作于嘉庆乙丑，卷中常引故人诗句，而亦不及松崖，然则松崖诗岂真在此一册中欤。余不知诗，惟喜其多真率处，又常言酒，似是真爱饮酒者，与寻常诗料不同。《避地》五律中云，“市近亲赊酒，村荒寄卖鱼”，句云“酒债急须偿”，又云“酒债嫌多积”，赊盖属实。其自咏广文先生生活之七律有云，“喜酒不嫌妻对酌”，以诗论不知如何，然此语总之极佳，殆可谓自有其真趣者也。

# 《武藏无山》

《日本考》五卷，明李言恭郝杰同著，万历年刊，北京大学图书馆曾有一部，只存一至五卷，北京图书馆有全本，影印收入《善本丛书》第一集中，据谢刚主跋，明末讲日本的书颇不少，惟记日本名①物风俗语言文字，则无逾是书之详矣。案：卷三中有歌谣三十九首，卷五中有山歌十二首，中国介绍日本诗歌恐当以此为最早。原书刊行年未详，若以万历中年计算，正当丰臣秀吉时代，较隆达百首或尚在前也。歌谣首列原文，再注读法即对音，释音即译语，末为切意即是意译，惜多谬误，今录其三十七于后，题曰《武藏无山》：

木索失那外，

紫气那一而别纪，

【锺校】

①“名”原刊作“民”。

阳脉木乃失，

骨萨摇里一迭铁，

骨萨尼个所一而。

(武藏山，

无山岛，

月出出野草，

月入入野草。)

案：原意云，武藏野无有月亮可入的山，出从草里出，入便向草里入。卷四分天文等五十四项，列记语言，对音之外并注平假名，亦多不确，颇有《英语入门》之概，阅之亦可发笑，可见古今人情相去不远。卷二记风俗亦未免多耳食，或是根据华商所谈，故非是直接见闻也。

村濑栲亭著《艺苑日涉》卷六《民间岁节·上》，凡引用《全浙兵制·日本风俗记》三处，今悉见此书“时令”项下，《全浙兵制》不知何书，或其中风俗记即以此第三卷充之耶。所引第一节云：

新正名曰少完之，以正字呼为少音，完之即月也。朔日贺岁，从尊至卑，礼节如口云红面的倒，乃阳光普照之言，千首万世乃千春万岁，华盖华盖盖长此少年，乃通国俗语也。

栲亭注曰：

熙按，寄译通言，不过影响，明人虽颇通晓[1]我邦事，犹尚讹谬如此，译北狄西竺之言，亦可以类推耳。聊录以备搜览。

此处批评甚是，记述异地风俗者不可不注意，大抵须有科学之真，文学之美，始能有济，必不得已而去，文章或可不讲，惟趣味仍不可少，盖如此则记录乃有品格，说到底亦还是属于美的领分者也。



【锺校】

①“晓”原刊作“尧”。

# 指画

松村操著《近世先哲丛谈》续编卷上记村濑栲亭事，有一则云：

> 指头画谓之手画，又谓之擘画。有池无名者工此技，尝为人作之，伊藤介亭在坐，赏叹久之曰，穷乡僻邑乏笔之居处，亦复可宝。无名闻之大惭，终身不为此技。栲亭尝闻此话，深感其言之有味，常以告人云。

案：中国作画常有不用笔者，以手以舌，以发以尻，以破布甘蔗渣，不失为一奇技，然似并不足尚，介亭此言可谓谲谏矣。

据小杉未醒著《池大雅传》，亦记此事，系引田能村竹田语，惟中述栲亭语云，介亭先生是至笃实人，不会嘲弄人，盖实是如此想耳。大雅为日本南画之先觉，正不必以指画争奇，所作《十便图》，乃就李笠翁原作十绝句，各作一图，为其杰作之一，曾见复印本，与芜村作《十宜图》合册，总名《十便十宜》，只能领略其十一之趣而已。小杉未醒撰有《十便图赏叹》，今录其二《浣濯便》于下云：

浣尘不用绕溪行，门里潺湲分外清，
不是幽人偏爱洁，沧浪引我濯冠缨。

大雅堂把笔对纸试诵此诗，画出何物来乎？“沧浪之水清兮可以濯我缨”，昔有此语，如写一人正在洗帽缨，亦殊无味。烁地心机一转，画作丛竹，洗过丛竹的根，水在流着，水从泥墙下流来，水动，竹叶也动，正是一味清风。于是噗地盖下图章，文云“前身相马方九皋”，喊，这本该是“九方皋”，却忘记了，刻成了“方九皋”，就是这么的使用着，或者结果是使用一世也未可知吧。

此赞亦殊有致，与大雅之风趣正相合也。

# 《如梦记》

《如梦记》九篇，约四万馀言，文泉子著，明治四十二年己酉东京民友社刊，菊半截一册，红洋布面，定价金三十五钱。案：文泉子本名坂本四方太，明治六年生，三十二年东京帝国大学文科出身，追随正冈子规，为新派有名俳人之一，又与子规提倡写生文，多所写作，单行本有《写生文集》《帆立贝》《如梦记》等，大正六年（1917）卒，年四十五岁。

我于丙午年（1906）到东京，其时子规已卒，杂志《保登登岐须》由高滨虚子编辑，俳句写生文小说正大发达，书架上现存一册九卷七号，夏目漱石的小说《哥将》就发表在这册里边，《我是猫》的第十回也载在卷首，可以想见当时的形势。“哥将”在中国普通译作“哥儿”，但方言中似别有较适合的名词，如越中之“阿官”是也。

那时候在东京，遇着写生文与自然主义的潮流，自然主义的理论甚可佩服，写生文则成绩大有可观，我不很懂《保登登岐须》上的俳句，却多读其散文，如漱石、虚子、文泉子以至长冢节的著作，都是最初在那里发现，看出兴会来的。其中文泉子最为特别，他不像别人逐渐的变成小说家，却始终只以写生文为范围，他的《写生文集》与《帆立贝》等，从前也曾搜得，回国时不知怎的遗失了，如今所有的就只是这一小册追忆儿童生活的《如梦记》而已。

庚戌年秋日从本乡移居麻布赤羽桥左近，与芝区邻接，芝公园增上寺为往来经由之路，买杂物则往三田，庆应义塾所在地也，《如梦记》即在三田所购得，而此书店又特卑陋，似只以小学儿童为主顾者，于其小书架上乃不意得见此书，殊出意外，以此至今不忘，店头情形犹恍忽如见。三田虽是大街，唯多是晚间去散步，印象总是暗淡萧寂，与本乡不同。

辛亥初冬回故乡，作小文记旧游，只写一则而罢。题诗其后，有云，“寂寂三田道，衰柳何苍黄”，盖慨乎其言之。今亦已是旧梦矣，读文泉子之记，更有云烟之感，文章之不可恃而可恃，殆如此也。

# 《日本国志》

廿六年二月我写小文略谈《人境庐诗草》，附记有云：

> 去年秋天听说有我国驻日使馆人员在席上声言，《日本国志》非黄公度所作，乃是姚栋的原著。友人闻之骇怪，来问姚栋其人的事迹，不佞愧无以对。假如所说的是姚文栋，那么我略为知道一点，因为我有他的一部《日本地理兵要》，但可以断定他是写不成《日本国志》那样的[①]书的。

当时所根据的是作者态度之不同，虽然自己相信不会看错，总嫌未免稍倾于主观。近日得到姚文栋的杂文集，可以证明姚黄二家的书名同实异，截不相干。

姚集名曰《读海外奇书室杂著》，中缝则题曰

【锺校】

① 原无“的”字，今增。

《东槎杂著》，共文二十四篇，盖在使馆为随员时所作，有《陈元赟先生事略》尚可读，馀亦多是照例的慷慨论时务而已。卷末有《日本国志凡例》，作于光绪甲申九月，云全书十卷，分记东西两京，畿内、东海道等七道，每道以国为纲，首疆域，继[1]以形势沿革，以至物产，凡二十四门，盖是地志体裁，末有"未备"一条，自言"刑法食货等皆未及记，后之君子尚其补诸"。日人星野、川口、宫原三人皆有跋，见姚氏编《海外同人集》卷上，星野谓"译我群地志书，集其大成"；凡例记采用书籍共九十九部，亦均是旧地志也。由此观之，二书性质不同，显然可知，姚氏所著固自成一种《日本国志》，但若与黄著相比，则不可同日而语矣。

黄著四十卷，地理才有三卷，刑法食货共得十一卷，若其最有特色、前无古人者，当推学术、礼俗二志，有见识，有风趣，盖惟思想家与诗人合并，乃能有此耳。若说瑜不掩瑕，则文中惜不注出处，如《礼俗志》中多用川濑栲亭之《艺苑日涉》中民间岁时、寺门静轩之《江户繁昌记》，往往一篇一卷全文录入，如能随处注明，体例当更为完善也。

【锺校】

① 原无"继"字，今增。

# 钱名世序文



近年搜集古今试帖诗，留其板刻稍佳者，已得一百馀种，关于唐人试帖者十七，其中《全唐试律类笺》乃独有三种刻本。此书十卷，恽鹤生、钱人龙编，有康熙乙未自序，余所得者其一为乾隆乙卯万福校刻本，有杭世骏序，其二为乾隆辛巳恽宗和改订刊本，宗和即鹤生子也。其三则康熙乙未原本，近日始得到，前有钱名世序，盖人龙为名世之子，序三叶惜只存其半，但因此得略知钱絅庵之文章与书法，亦大可喜耳。昔曾得王锡侯之《唐诗试帖课蒙详解》十卷，甚自珍惜，今此序文当可居次位乎。

提起钱名世，便令人自然想起《名教罪人》这一案来。《名教罪人》原册存故宫中，今有活字印本，为《文献丛书》之一，很容易见到了。此是天地间一奇书，有缘者大可一看。钱序作于康熙五十四年，《名教罪人》的上谕则是雍正四年，其间只隔了十年的光阴，来了这么一个大转变。钱序之谄奉皇帝与七言诗八首之谄奉年羹尧，赋诗诸臣之谄奉雍正，其实一也。再看雍正初年给年羹尧的甜蜜的朱谕，亦何怪别人献诗乎，但是只许[1]州官放火，原是自古如斯耳。奭召南《史亭识小录》云，名世投诗当在年羹尧入觐之时，是时朝廷褒功颂德惟有日不足，词臣一诗颂扬，可谓泰山之微尘，亦似仰希朝指，说的很合情理。命在京大小臣工由制科出身者，咸为歌诗以攻其恶，此正是制科的真用处，深通养瘦马的极意，禛公诚不惜以金针明度与人也。



【锺校】

①"但是只许"原刊作"但只是许"。

# 曲词秽亵



周寿昌《思益堂日札》卷七有《读曲杂说》十八则，其第十三云：

笠翁《凰求凤》内，有小引《字字双》，极市井秽亵之语，不堪入目。若《西厢》之《酬简》一折，《牡丹亭》之《惊梦》一折内，何尝无狎语，《长生殿》之《窥浴》折内，尤极荡冶，然止觉其隽艳，不似笠翁之恶秽欲呕也。须知此事亦须读破万卷，始能下笔有神，雅郑之分关乎根柢如此。

案：周君所说末数语甚有理，大抵艺与文都争这一点，或曰趣味，或曰书卷气，其实就只是多读多做，有经验，识好丑而已。但是上文所举实例却未见妥适，可知此事实不容易，或者因为反对笠翁有成见故耶。

《西厢记》《牡丹亭》三十年前读过，略略记得，

《长生殿》有点荒疏，重新拿出来看，卷二第九折《窥浴》中《凤钗花络索》有四语，系描写女人身体，本亦平平耳。而吴舒凫评注之云：“描摹冶丽，如有玉环呼之欲出，觉《杂事秘辛》犹形似非神似也。”称扬过分，或是友朋捧场，亦尚属人情之常。周自庵更谓其尤极荡冶，而止觉隽艳，则似故扬甲以抑乙，乃评家恶习，更无足取。若平心而言，“尤极”二字亦用得不当，岂耳食吴评，信其超越《秘辛》之故欤。

笠翁传奇立意本多村俗，如《凰求凤》一曲即是说男子戒淫，乃得三妻，中状元，其曲词如何，亦不想为之辩解，因此非不佞所知。惟所云《字字双》小引，虽原本不佳，却亦并不那么恶秽，第六出《倒嫖》中《普贤歌》或反更为可议。案：此小引系第三出《伙谋》之首三章，反复细读，诚是市井之语，但别无不堪入目之处。此出本叙娼家因生意萧条，招集会议，脚色三人，一副净扮村妓钱二娘，一丑扮肥妓孙三娘，一净扮老妓赵一娘，读者只看此情节及上场人，便可知其所说必无甚好话矣。倘于此而欲求见莺莺丽娘玉环出场时之空气，真是极大难题了。即如《长生殿·窥浴》之文虽可云隽艳，但起首时丑扮宫女上，所唱小引《字字双》“小监胡缠”云云，亦正是市井语，与《风钗花络索》不同。可见此等处正有一种必要的谐和，假如一味高雅，亦便有出轨的时候，《读曲杂说》之七有云，元人院本多贪好句，不切本人口吻，李逵[1]唱“风雨替花愁”，其词非不圆美，却是可笑，即此理也。



【锺校】

①“李逵”原刊作“李达”。

# 《读〈诗〉管见》

江叔海《石翁山房札记》卷三有牟陌人《诗切》一则云：

> 栖霞牟廷相陌人，孜孜三十馀年成《诗切》一书，手稿凡六易，大旨谓当劾郑笺，黜卫序，寻博征，申浮丘申培之坠义，顾所改诗序类多影响依附，或凿空臆撰，无所谓寻博征申坠义也。其最可嗤鄙者，如《桑中》刺丑夫欲得美室而不谐也，《有蓷》咏丑妇欲去其夫也，《有狐》童子宦学，其友作诗戒之，以卫多女间也，《葛生》刺寡妇不谨也，《东门池》观美女戏舟也，《东门杨》咏夜游张灯也，《泽陂》嘲人怕妇也，《鱼丽》刺众客无廉耻而嗜饮食也。说《诗》至此，风雅扫地矣。近人罗慎斋《诗说》尤多创论，至谓"视尔如荍，贻我握椒"为指男女阴。此真诗之一厄。

案：江君此说颇有传讹，亡友饼斋尝以问馀杭先生曰，“荍”何物也？先生曰，大头菜耳。此语至今流传。后饼斋从老铁借得凝斋《读〈诗〉管见》阅之，始知所说不实。罗氏原书卷五云：“视尔如荍，谓其色与荍之华同耳。荍华白而浅红，布地繁密，亦秾丽而可爱者。椒性辛温大热，食之走气分而助火。”并未曾指男女阴，江君殆出误记。又罗氏生乾隆时而称之曰“近人”，亦误。唯凝斋以椒为春药，谓猝投之而强使吞之。又释子仲之子云，子为子仲之丈夫子，非女子也。谓诗咏强暴者于白昼稠人间掠美少年以去，则解亦大奇，惟不如札记之所云耳。

牟氏《诗切》不可得见，但其序尚有传本，又罗氏《诗问》中间或引其数语，“视尔如荍”二语下引牟陌人云，妇人相语也。想必别有说法，惜不能得其详矣。《诗切》所说序虽多似诙诡，然亦颇有适切者。如《泽陂》之第三章云：

彼泽之陂，有蒲菡萏。
有美一人，硕大且俨。
寤寐无为，辗转伏枕。

牟氏解之为陈人怕妇诗，岂不极似？徐读一过，直令人忍俊不禁。此虽未能谓为确解，总不得不说殊有巧思也。

# 曾衍东诗

春间偶得《哑然绝句》诗一册，内题“哑然诗句”，“七如道士曾衍东著”，手写木刻，半叶六行，行十二至十五字不等，皆七言绝句，每首连题共四行，一叶得三首，凡七十七叶，计诗二百四十首有半，末尾残缺。首有序云：

> 七如诗句多不成话，却又好笑。以其不成话，便当覆瓿。因其多好笑，搁在巾箱，舍不得糟蹋他了。久之成堆，公然一集。古云，下士闻道大笑之。不笑不足以为道。哑然绝句自序，嘉庆戊辰，七如道士曾衍东。

我读其诗其序文，看其字其款式，如“嘉庆戊辰”四字夹行并写，其图章，如云“曾大诗书画”“曾先生妙笔”，可知是郑板桥一派，又一印文云，“宗圣裔六十七世孙衍东”，则是曾子之后也。曾见王西庄郝兰皋所写信，有模仿板桥体者，可以想见其时风气之一斑，只可惜现在找材料不大容易，若此诗集在这一点上颇有价值，若其多好笑读了有趣，又其次也。关于曾君的事，只见方士淦《蔗馀偶笔》中有一则云：

“楼未起时先有鹤，笔从搁后更无诗”，曾大令衍东题黄鹤楼太白堂楹帖也，超妙之作，足冠斯楼。阮太傅[1]总制楚中，命去之，然早已脍炙人口矣。

今集中有《黄鹤楼》一首云：

楼高多少步楼梯，直上高楼远水低，
画鹤鹤飞都不见，大江东去夕阳西。

又有《下乡》诗云：

丝穗榔竿轿大乘，四围雪亮玉壶冰，
村姑不识玻璃面，纤手摸来隔一层。

此盖是居官时作，但不知是何处令君，或者当在两湖乎。曾君圣裔，而喜作打油诗，岂不怕世人之攒诃聚詈耶？此一事亦令我感到兴趣。前见孔传铎所作《申椒集》及《红萼词》各二卷，多隽艳可喜，此人乃衍圣公也，虽是性质略略不同，但亦可谓无独而有偶矣。



【锺校】

①“傅”原刊作“传”。

# 《右台仙馆笔记》

《艺风堂文续集》卷二有《俞曲园先生行状[1]》，末有云：

> 古来小说，《燕丹子》传奇体也，《西京杂记》小说体也，至《太平广记》，以博采为宗旨，合两体为一帙，后人遂不能分。先生《右台笔记》，以晋人之清谈，写宋人之名理，劝善惩恶，使人观感于不自知，前之者《阅微草堂五种》，后之者《寄龛四志》，皆有功世道之文，非私逞才华者所可比也。

缪君不愧为目录学专家，又是《书目答问》的著者，故所说甚得要领，以纪晓岚、孙彦清二家笔记与曲园相比，亦有识见，但其实铢两殊不能悉称，盖纪、孙二君皆不免用心太过，即是希望有功于世道，

【锺校】

①“先生行状”原刊作“先行形状”。

坐此落入恶趣，成为宣传之书，惟以文笔尚简洁，聊可一读，差不至令人唼弃耳。《右台仙馆笔记》十六卷，虽亦有志于劝戒，只是态度朴实，但直录所闻，尽多离奇荒陋，却并非成见，或故作寓言，自是高人一等，非碌碌馀子所可企及也。试以卷一为例，第一则记冯孝子，虽曰以表纯孝，庶几左氏之义，写得落落大方，有古孝子传之风。又何明达、王慕堂二则，写市井细民之高义，可以愧士大夫，而了无因果的结局，近世说部中均极少见。若其记范婉如及扬州某甲女，痴儿怨女之情死，发乎情而不能止乎礼义，乃多有恕词，此则又是儒家之精神，为不佞所最崇敬者也。潮州制柿饼人砍断虎尾，因而获虎，末曰："孔子曰，下士捉虎尾，然下士亦正未易为也。"应敏斋在钱唐江沙洲上见绿色巨人，末曰：

> 《搜神记》载孔子厄于陈，弦歌于馆中，夜有一人，长九尺馀，皂衣高冠，咤声动左右，子路出与战，仆之于地，乃是大鳀鱼。君之所见，或亦此类乎。

此等处骤视似只是文人旧习，所谓考据癖耳，实则极有意思，轻妙与庄重相和，有滑稽之趣，能令卷中玄怪之空气忽见变易，有如清风一缕之入室，看似寻常，却是甚不易到也。卷首附刻征求异闻启并小诗二首，其一末联云，“正似东坡老无事，听人说鬼便欣然”，夫听说鬼之态度有如东坡，岂复有间然，而先生年老又似乐天与放翁，更无些子火气，则自愈见醇净矣。

# 方晓卿《蠹存》

近来旧书大涨价，但比较起来总比洋书为廉，所以还要买些来看。我看书没有专门可以做个界限，只是凭了兴趣，简单地说目的是想知道罢了，而拉扯开去便有点近于芜杂。时常看见了一部书，随即想找这著者的别的东西来看，结果往往是很花了一点钱，而又大抵看了没有什么意思。买到姚福均的《铸鼎馀闻》四卷，很是别致，于是设法去找了《补篱遗稿》八卷，《海虞艺文志》六卷来。其次是方旭的《虫荟》五卷，续找来的有方晓卿《蠹存》二卷，光绪戊戌[①]刊本。《虫荟》收罗材料颇不少，可以算是关于动物的一部类书，特别是蛇的一部分，读去仿佛是听讲希奇故事，也颇有意思。《蠹存》却是一部怪书，目录共分天文、时令、神鬼、形体、妇婴、食物、植

【锺校】

①“戊”原刊作“戍”。

物等十八目，据序言凡因应之大，事物之细，罔不毕具，以广见闻，裨日用，似乎是《万宝全书》之类，而又实是笔记，所以是特别。如时令中多列禁忌，宫室方位，方药亦杂神异，其所主似近于方技，用现代语当称之为非科学的，但因此亦多保存好些旧传承或是民俗的好资料也。“神鬼”一目颇足比拟《酉阳杂俎》，其说鬼尤多妙语，但不著出处，稍为可惜，所说不必一致，故疑其非出于一源。《水鬼》一则云：“鬼作纸灰气，惟水鬼作羊臊气，如人在船中闻羊臊气，急向空写‘嚣’字，则不为害。”案：溺鬼作羊膻气，亦见《子不语》，岂已视为水怪故耶，写“嚣”字可以避害亦奇，符咒的心理亦大值得研究，但恐不易得此闲人耳。

# 夜光珠

焦南浦著《此木轩杂著》卷一有《南唐宠姬》一则，前半云：

宋大将获南唐后主宠姬，夜见灯辄闭目，云烟气。易以蜡烛，云烟气愈甚。曰，宫中不点烛耶？答曰本阁每至夜悬大宝珠，光照一室，如日中也。李氏一国之主，豪侈如是，其后身羁帝京，日夕以眼泪洗面，运去事往，宜百感之交集也。

案：此种传说盖古已有之，梁僧宝唱所编《经律异相》卷三十六，“杂行长者部”树提伽身生人中受天果报二，引《树提伽经》云：

进到其户，白银为壁，水精为地。王见水流，疑不得进，树提伽即导王前。户中以黄金为床，白玉为几。树提伽妇有百二十重金银帏帐，端正无双，为王作礼，眼中泪出。王问卿妇见我何不惬，眼中泪出？答言王衣烟气，是故泪出。王言庶民燃脂，诸侯燃蜡，天子燃漆，亦无烟也，何得泪出？提伽答言，臣家有一明月神珠，挂着堂上，昼夜无异，不须火光。

《千字文》云，“珠称夜光”，可知久有是说，而故事实例则或当以此经为最早，六朝译文亦足以称之，自有古艳之色，后世传闻恐从此出，如“烟气”云云，形迹更甚相似。惟佛经言长者前生布施，身受天堂之供，其事本是神怪，仙人楼居中有此照夜之珠，非但不觉鹘突，且亦自然，今移在南唐宫中，便觉得欠妥帖，至少也须放在汉武故事里才行，盖后世帝王已难该得起此宗珍宝，固不必引清故宫为例证始可知道也。

尝闻湖州友人说笑话云，有村妇早起劳作，叹息曰，那比得[1]皇后娘娘快活，此刻想尚躺在蓝夏布帐子里，叫声太监，给我拿个柿陀来吃。大家莫笑村妇以主观描写王家的幸福，读书人想象宫中必有宝贝，亦何尝出三家村见识以外，可知此等处要取舍得中亦殊不易易也。

【锺校】

①“那比得”原刊作“那得比”。

# 中秋的月亮

敦礼臣著《燕京岁时记》云：

> 京师之曰八月节者，即中秋也。每届中秋，府第朱门皆以月饼果品馈赠，至十五月圆时，陈瓜果于庭以供月，并祀以毛豆鸡冠花。是时也，皓魄当空，彩云初散，传杯洗盏，儿女喧哗，真所谓佳节也。惟供月时，男子多不叩拜，故京师谚曰，“男不拜月，女不祭灶”。

此记作于四十年前，至今风俗似无甚变更，虽民生凋敝，百物较二年前超过五倍，但中秋吃月饼恐怕还不肯放弃，至于赏月则未必有此兴趣了罢。

本来举杯邀月这只是文人的雅兴，秋高气爽，月色分外光明，更觉得有意思，特别定这日为佳节，若在民间不见得有多大兴味，大抵就是算账要紧，月饼尚在其次。我回想乡间一般对于月亮的意见，觉得这与文人学者的颇不相同。普通称月曰“月亮婆婆”，中秋供素月饼水果及老南瓜，又凉水一碗，妇孺拜毕，以指蘸水涂目，祝曰“眼目清凉”。相信月中有娑婆树，中秋夜有一枝落下人间，此亦似即所谓月华，但不幸如落在人身上，必成奇疾，或头大如斗，必须斫开，乃能取出宝物也。

月亮在天文中本是一种怪物，忽圆忽缺，诸多变异，潮水受他的呼唤，古人又相信其与女人生活有关。更奇的是与精神病者也有微妙的关系，拉丁文便称此病曰“月光病”，仿佛与“日射病”可以对比似的。这说法现代医家当然是不承认了，但是我还有点相信，不是说其间隔发作的类似，实在觉得月亮有其可怕的一面，患怔忡的人见了会生影响，正是可能的事罢。好多年前夜间从东城回家来，路上望见在昏黑的天上挂着一钩深黄的残月，看去很是凄惨，我想我们现代都市人尚且如此感觉，古时原始生活的人当更如何？住在岩窟之下，遇见这种情景，听着豺狼嗥叫，夜鸟飞鸣，大约没有什么好的心情，——不，即使并无这些禽兽骚扰，单是那月亮的威吓也就够了，他简直是一个妖怪，别的种种异物喜欢在月夜出现，这也只是风云之会，不过跑龙套罢了。

等到月亮渐渐的圆了起来，他的形相也渐和善了，望前后的三天光景几乎是一位富翁的脸，难怪能够得到许多人的喜悦，可是总是有一股冷气，无论如何还是去不掉的。“只恐琼楼玉宇，高处不胜寒”，东坡这句词很能写出明月的精神来，向来传说的忠爱之意究竟是否寄托在内，现在不关重要，可以姑且不谈。总之我于赏月无甚趣味，赏雪赏雨也是一样，因为对于自然还是畏过于爱，自己不敢相信已能克服了自然，所以有些文明人的享乐是于我颇少缘分的。中秋的意义，在我个人看来，吃月饼之重要殆过于看月亮，而还账又过于吃月饼，然则我诚犹未免为乡人也。

# 后记

近数年来多读旧书，取其较易得，价亦较西书为稍廉耳，至其用处[1]则不甚庄严，大抵只以代博弈，或当作纸烟，聊以遣时日而已。余不能吸纸烟，十几岁时曾买刀牌、孔雀、品海诸烟，努力学吸，历久终未学会，以至于今，殆为天分所限耶。常见人家耽吸，若甚有滋味，心甚羡之而无可如何，则姑以闲书代之，无可看时亦往往无聊赖，有似失瘾，故买书之费竟不能省，而其费实或超过烟价，有时将与雪茄相比矣。读一部书了，偶有一部分可喜，便已满足，有时觉得无味，亦不甚嫌憎，对于古人何必苛求，但取其供我一时披读耳，古人云只图遮眼，我的意思亦止如此。读过之后或有感想，常取片纸记其大概，久之积一二百则，有友人办日报者索取补白，随时摘抄寄

**【锺校】**

① “至其用处”原作“用，至其处”。

与，二三年来原稿垂尽矣。《庸报》社索去者有四五十则，日前来信云拟搜集为一册，亦便答应。此种文字新陈两非，不入时眼，印成书本亦少有人读，恐终辜负报社的好意。但是有一件事，可以代作广告者，不佞虽未受五戒，生平不打诳语，称之曰“语录”，自信可无惭愧者也。

中华民国三十年三月二十四日，知堂题记。

**图书在版编目(CIP)数据**

药堂语录/周作人著作;锺叔河编订. —长沙:岳麓书社,2020.10

ISBN 978-7-5538-1222-9

Ⅰ.①药… Ⅱ.①周…②锺… Ⅲ.①散文集—中国—现代

Ⅳ.①I266

中国版本图书馆 CIP 数据核字(2019)第 284578 号

YAOTANG YULU

**药堂语录**

周作人著作　锺叔河编订

特约编辑:鄢　琨

责任编辑:蒋　浩

责任校对:舒　舍

书籍设计:风格八号

岳麓书社出版发行

地址:湖南省长沙市爱民路 47 号

直销电话:0731-88804152　0731-88885616

邮编:410006

版次:2020 年 10 月第 1 版

印次:2020 年 10 月第 1 次印刷

开本:787mm×1092mm　1/32

印张:4

字数:65 千字

印数:1—6 000

ISBN 978-7-5538-1222-9

定价:16.00 元

承印:长沙鸿发印务实业有限公司

如有印装质量问题,请与本社印务部联系

电话:0731-88884129